Vente du Jeudi 29 Novembre 1900

(SALLES SILVESTRE)

CATALOGUE

DE

BONS LIVRES

ANCIENS ET MODERNES

ET

D'OUVRAGES ILLUSTRÉS PAR GUSTAVE DORÉ

PARIS
ÉM. PAUL ET FILS ET GUILLEMIN
Libraires de la Bibliothèque Nationale
28, RUE DES BONS-ENFANTS, 28

1900

LA VENTE AURA LIEU

Le Jeudi 29 Novembre 1900

à huit heures précises du soir

Dans les Salles de Ventes aux enchères

DE LA LIBRAIRIE ÉM. PAUL ET FILS ET GUILLEMIN

28, Rue des Bons-Enfants, 28 (Anciennes Maisons Silvestre et Labitte)

SALLE N° **1**

Par le ministère de Mᵉ MAURICE DELESTRE, Commissaire-Priseur

5, RUE SAINT-GEORGES, 5

Assisté de MM. ÉM. PAUL et FILS et GUILLEMIN

LIBRAIRES-EXPERTS

28, RUE DES BONS-ENFANTS

CONDITIONS DE LA VENTE

La vente se fait expressément au comptant.

Les acquéreurs paieront 5 pour cent en sus des enchères.

Il y aura exposition le jour de la vente, de 2 à 4 heures.

Les livres devront être collationnés dans les vingt-quatre heures de l'adjudication. Passé ce délai ils ne seront repris pour aucune cause.

Les Libraires chargés de la vente rempliront les commissions des personnes qui ne pourraient y assister.

CATALOGUE

DE

BONS LIVRES

ANCIENS ET MODERNES

THÉOLOGIE

1. Le Nouveau Testament de Notre-Seigneur Jésus-Christ, traduit en françois par Mesenguy. Nouvelle édition, avec une préface par M. Silvestre de Sacy. *Paris, Techener*, 1860, 3 vol. in-16 carrés, demi-rel. mar. r. avec coins, non rog.

2. Heures nouvelles, dédiées à Madame la Dauphine, écrites et gravées par L. Senault. *Paris, chez l'autheur, s. d.* (1650), in-8, texte, fig. et nombr. vign. gr. mar. r. dos orné, fil. tr. dor. fermoirs. (*Rel. anc.*)

   Bel ouvrage entièrement gravé, enrichi de nombreuses figures, vignettes et lettres ornées.

3. Bréviaire de Paris, traduit en françois. Imprimé par l'ordre de Monseigneur l'Archevèque. *Paris*, 1742, 8 vol. in-4, mar. r. fil. à froid, dent. int. tr. dor. (*Rel. anc.*)

   Belle édition, tirée à petit nombre.

4. Missel de Paris, latin-françois, avec prime, tierce, sexte et les processions, imprimé par ordre de Monseigneur l'archevèque. *Paris, chez les libraires associés*, 1764, 8 vol. in-12, mar. r. dos orné, fil. dent. int. tr. dor. (*Rel. anc.*)

   Reliure très fraîche. — Légère tache d'encre à la marge supérieure de quelques ff. du tome II de la partie d'Hiver.

5. L'Office de la Quinzaine de Pasque, extrait du bréviaire de Paris, imprimé par ordre de Monseigneur l'Archevesque. *Paris*, 1737, in-12 réglé, mar. r. dos orné à petits fers, fil. dent. int. tr. dor. (*Rel. anc.*)

6. Office de la Quinzaine de Pâque, en latin et en françois, extrait du bréviaire et du missel de Paris, imprimé par ordre de Monseigneur l'Archevèque. *Paris*, 1786, in-12, mar. r. dos orné, fil. tr. dor. (*Rel. anc.*)

   Bel exemplaire.

7. L'Office de la nuit et de laudes, imprimé par l'ordre de Monseigneur l'Archevêque. *Paris*, 1760, 8 vol. in-12, mar. r. dos orné, fil. dent. int. tr. dor. (*Rel. anc.*)

Bel exemplaire.

8. L'Imitation de Jésus-Christ fidèlement traduite du latin par Michel de Marillac. Edition nouvelle, soigneusement reveüe et corrigée, par U. S. de Sacy. *Paris*, *Techener*, 1854, in-16 carré, demi-rel. mar. r. avec coins, non rog. (*Raparlier.*)

9. L'Imitation de Jésus-Christ, traduction et réflexions par l'abbé de Lamennais. *Paris*, *Curmer*, 1875, in-16 carré, pap. teinté, portr. sur Chine, en feuilles, dans un carton.

10. De Ascensione mentis in Deum per scalas rerum creatarum, opusculum Roberti Cardinalis Bellarmini, è Societate Jesu. *Coloniæ Agrippinæ*, *Cornel. ab Egmond*, 1626, in-24, titre-front. et portr. gr. mar. r. dos orné, fil. et comp. à la Du Seuil, tr. dor. (*Rel. anc.*)

11. Ouvrages divers de Bossuet. *Paris*, *Anisson*, 1698-1699. — Réunion de 5 ouvrages en 1 vol. in-8, v. ant. marb. dos orné.

Editions originales.

Réponse à quatre lettres de Monseigneur l'Archev. duc de Cambray. — Relation sur le Quiétisme. — Remarques sur la réponse de M. l'Archev. de Cambray, à la relation sur le Quiétisme. — Réponse aux préjugez décisifs de M. l'Arch. de Cambray. — Les Passages éclaircis, ou Réponse au livre intitulé : les Principales propositions du livre des Maximes des saints, justifiées par des expressions plus fortes des saints auteurs.

Ex-libris ancien, gr. et armorié.

12. Méditations sur l'Evangile, ouvrage posthume de messire Jacques-Benigne Bossuet, Evêque de Meaux. *Paris*, *Marielle*, 1731, 4 vol. in-12, v. ant. granit. dos orné.

Edition originale. — Léger raccommodage à la marge supérieure du titre de chaque vol.

13. Prières ecclésiastiques, pour aider le Chrestien à bien entendre le service de la Paroisse aux Dimanches et aux Festes principales, par Messire Jacques Bénigne Bossuet. *Paris*, *Sébastien Mabre-Cramoisy*, 1689, in-12, mar. r. jans. dent. int. tr. dor. (*Raparlier.*)

Bel exemplaire de l'Edition originale.

SCIENCES ET ARTS

14. Collection des Moralistes anciens. *Paris*, *Didot l'aîné*, 1782-1795, 18 vol. in-18, cart. bradel, demi-perc. marb. dos orné, non rog.

Collection complète.

15. Les Essais de Michel, seigneur de Montaigne. Nouvelle édition, exactement purgée des défauts des précédentes, selon le vray original, et enrichie et augmentée aux marges du nom des autheurs qui y sont citez, et de la version de leurs passages... *Amsterdam* (*Lyon*), 1781, 3 vol. pet. in-8 carrés, portr. de l'auteur ajouté, demi-rel. mar. r. avec coins, tête dor. non rog. (*Raparlier.*)

16. Réflexions, sentences et maximes morales de La Rochefoucauld. Nouvelle édition, conforme à celle de 1678, et à laquelle on a joint les annotations d'un contemporain sur chaque maxime, les variantes des premières éditions et des notes nouvelles par G. Duplessis, avec une préface par C. A. Sainte-Beuve. *Paris, Jannet*, 1853, in-12, demi-rel. mar. vert, tête dor. non rog.

De la *Bibliothèque Elzevirienne.*

17. Les Caractères de La Bruyère, suivis des Caractères de Théophraste, traduits du grec par le même. *Paris, Didot l'aîné*, 1813, 2 vol. in-12 réglés, demi-rel. mar. brun avec coins, non rog. (*Rapartier.*)

De la *Collection des meilleurs ouvrages de la langue françoise, dédiée aux amateurs de l'art typographique.*
Exemplaire sur GRAND PAPIER VÉLIN.

18. Traité de l'éducation des filles et dialogues sur l'éloquence par Fénélon, suivis de sa lettre à l'Académie Française et précédés d'une introduction par M. Silvestre de Sacy. *Paris, Techener*, 1869, in-8, br.

Exemplaire sur PAPIER DE HOLLANDE.

19. Traitez de l'équilibre des liqueurs et de la pesanteur de la masse de l'air, contenant l'explication des causes de divers effets de la nature qui n'avoient point esté bien connus jusques ici, et particulièrement de ceux que l'on avoit attribuez à l'horreur du vuide, par Monsieur Pascal. *Paris, Guillaume Desprez*, 1663, in-12, 2 pl. gr. et pliées, v. brun ant.

EDITION ORIGINALE.

20. Pratique de la géométrie, sur le papier et sur le terrain, où par une méthode nouvelle et singulière l'on peut avec facilité et en peu de temps se perfectionner en cette science (par Séb. Le Clerc). *Paris et Amsterdam*, 1691, pet. in-8, front. et nombr. fig. gr. vélin.

21. Edition portative des Rêveries, ou Mémoires sur l'art de la guerre, par Maurice, Comte de Saxe. Edition revue et corrigée exactement sur le manuscrit original, augmentée de l'abrégé de la vie de l'auteur, et de plusieurs pièces sur l'art de la guerre relatives au système de M. le Maréchal de Saxe, le tout dirigé par M. de Viols. *Dresde*, 1757, in-12, mar. r. dos orné, fil. doublé et gardes de pap. dor. et historié, dent. tr. dor. (*Rel. anc.*)

---

22. Guide de l'amateur de faïences et porcelaines, poteries, terres cuites, peinture sur lave et émaux, par M. Auguste Demmin. Nouvelle édition considérablement augmentée, et ornée de 850 figures, marques et monogrammes dans le texte. *Paris, Renouard*, 1863, in-12, fig. cart. bradel, demi-perc. brune, ébarbé.

23. Grand Dictionnaire de cuisine par Alexandre Dumas. *Paris, Lemerre*, 1873, fort vol. gr. in-8, 2 portr. gr. à l'eau-forte, cart. dos de perc. r. avec coins.

BEAUX-ARTS
LIVRES ILLUSTRÉS PAR GUSTAVE DORÉ

24. Mélanges sur les Beaux-Arts. — Réunion de 7 vol. in-8 et in-12, br.

La Renaissance des Arts à la Cour de France. Etudes sur le seizième siècle, par le Cte de Laborde. Additions au tome premier. Peinture. *Paris*, 1855, 1 vol. — Les Maîtres d'autrefois. Belgique. Hollande, par Eugène Fromentin. *Paris*, 1876. — Notices sur quelques artistes Français, du XVIe au XVIIIe siècle, par H. Destailleur. *Paris*, 1863. — Edmond de Goncourt. La Maison d'un artiste. *Paris*, 1881, 2 vol. — Notice des dessins, cartons, pastels, miniatures et émaux exposés dans les salles du 1er et du 2e étage au Musée Impérial du Louvre, par M. Frédéric Reisel. *Paris*, 1866-69, 2 vol.

25. Catalogues de Dessins, Estampes, objets d'art. — Réunion de 5 vol. in-8, dont 2 rel. en v. ant. et vélin, 1 cart. et 2 br.

Catalogue de livres, d'estampes et de figures en taille-douce, fait à Paris en l'année 1666, par M. de Marolles, abbé de Villeloin. *Paris*, 1666. — Description des dessins des grands maîtres d'Italie, des Pays-Bas et de France du Cabinet de feu M. Crozat, par J. B. Mariette; Description des pierres gravées du Cabinet de feu M. Crozat. *Paris*, 1741, 2 parties en 1 vol. (*prix manuscrits*). — Catalogue des différents objets de curiosité qui composaient le Cabinet de feu M. Mariette, par F. Basan. *Paris*, 1775, titre-front. et pl. gr. (*prix manuscrits*). — Catalogue de la Collection d'estampes et de dessins de feu M. Van den Zande. *Paris*, 1855 (*prix manuscrits*). — Collection A. Firmin-Didot. Dessins et estampes. *Paris*, 1877.

26. Monographies artistiques. — Réunion de 3 plaquettes et 6 vol. in-4 et in-8, dont 3 vol. cart. bradel, demi-perc. brune et le reste br.

Catalogue de toutes les estampes qui forment l'Œuvre d'Israël Silvestre, par L.-E. Faucheux. *Paris*, 1857. — Catalogue de toutes les estampes qui forment l'Œuvre de Rembrandt, composé par les sieurs Gersaint, Helle, Glomy et P. Yver. Nouvelle édition, augmentée par M. le Chev. de Claussin. *Paris*, 1824. — Edmond et Jules de Goncourt : Boucher. *Paris*, 1862. 1 pl. gr. à l'eau-forte ; Watteau. *Paris*, 1860, 1 pl. gr. à l'eau-forte ; Prud'hon. *Paris*, 1861, 1 pl. gr. à l'eau-forte ; Catalogue raisonné de l'Œuvre de P. P. Prud'hon. *Paris*, 1876. — Charlet, sa vie, ses lettres, par M. de La Combe. *Paris*, 1856, portr. — L'Œuvre de Ch. Jacque. Catalogue de ses eaux-fortes et pointes sèches, par J.-J. Guiffrey. *Paris*, 1866, front. gr. à l'eau-forte. — Gavarni, l'homme et l'œuvre, par Edmond et Jules de Goncourt. *Paris*, 1873, portr. gr. à l'eau-forte par Flameng et fac-similé.

27. Recherches sur la vie et les ouvrages de Jaques Callot, suite au peintre-graveur français de M. Robert-Dumesnil, par Edouard Meaume. *Paris*, *Renouard*, 1860, 2 vol. in-8, pl. de fac-similés, cart. bradel, demi-perc. brune, dos orné.

28. Raffet, son Œuvre lithographique et ses eaux-fortes, suivi de la bibliographie complète des ouvrages illustrés de vignettes d'après ses dessins, par H. Giacomelli, orné d'eaux-fortes inédites par Raffet et de son portrait par J. Bracquemond. *Paris*, 1862, gr. in-8, pap. vélin, portr. et eaux-fortes sur Chine, br.

Tiré à petit nombre.

29. Vie de Rossini, par M. de Stendhal, ornée des portraits de Rossini et de Mozart. *Paris*, *Boulland*, 1824, 2 vol. in-8, portr. gr. cart. bradel, demi-perc. brune, dos orné, non rog.

Rare.

30. Les Emaux de Petitot du Musée Impérial du Louvre. Portraits de personnages historiques et de femmes célèbres du siècle de Louis XIV, gravés au burin par M. L. Ceroni. *Paris*, *Blaisot*, 1862-1864, 2 vol. texte et 50 portr. en 50 livraisons gr. in-4.

Exemplaire avec les portraits AVANT LA LETTRE sur CHINE.

31. L'Œuvre de Gavarni. Lithographies originales et essais d'eau-forte et de procédés nouveaux. Catalogue raisonné par J. Armelhault et E. Bocher, orné d'un portrait inédit de Gavarni dessiné par lui-même et de deux lithographies et une eau-forte de cet artiste, également inédites. *Paris, Librairie des Bibliophiles*, 1873, gr. in-8, pap. vélin, portr. et pl. br.

Tiré à petit nombre.

32. Le Peintre-graveur français, ou Catalogue raisonné des estampes gravées par les peintres et les dessinateurs de l'école française. Ouvrage faisant suite au peintre-graveur de M. Bartsch, par A. P. F. Robert-Dumesnil. *Paris, Warée*, 1835-1865, 9 vol. (tomes I à IX). — Le Peintre-graveur français continué... Ouvrage faisant suite au Peintre-graveur français de M. Robert-Dumesnil, par Prosper de Baudicour. *Paris, Bouchard-Huzard*, 1859-61, 2 vol. — Ens. 11 vol. in-8, pl. gr. br.

33. VEUES DES BELLES MAISONS DE FRANCE (dessinées et gravées par les Perelle). *Paris, Langlois, s. d.* in-fol. obl. 248 pl. gr. v. ant. marb.

Important Recueil contenant principalement des vues de Paris et de ses environs et comprenant 248 planches dont 5 titres particuliers ; elles sont ainsi divisées : Paris, 61 pl. — Belles maisons des environs de Paris, 31 pl. — Versailles, 40 pl. — Marly, 3 pl. — Saint-Germain-en Laye, 4 pl. — Chaville, 5 pl. — Sceaux, 5 pl. — Vaux-le-Vicomte, 1 pl. — Fontainebleau, 12 pl. — Chantilly, 32 pl. — Maisons et châteaux divers des environs de Paris, 31 pl. — Vues de Rome et des environs, 18 pl.

34. Recueil de vues et fabriques pittoresques d'Italie dessinées d'après nature et publiées par C. Bourgeois, peintre. *Paris, Basset*, 1804, in-fol. de 72 pl. gr. à l'eau-forte, cart.

---

35. Histoire pittoresque, dramatique et caricaturale de la Sainte Russie... commentée et illustrée de 500 magnifiques gravures par Gustave Doré, gravées sur bois par toute la nouvelle école sous la direction générale de Sotain... *Paris, Bry aîné*, 1854, gr. in-8, nombr. fig. sur bois, cart. bradel, demi-perc. r. dos orné, non rog.

Spirituel pamphlet à la plume et au crayon dirigé contre la Russie à propos de la guerre d'Orient de 1855. — Rare.

Le faux titre et le titre sont un peu détériorés et doublés. — Quelques piqûres d'humidité inhérentes à la nature du papier.

36. Les Contes drolatiques colligez ez abbayes de Touraine et mis en lumière par le sieur de Balzac pour l'esbattement des pantagruelistes et non aultres. Cinquiesme édition illustrée de 425 dessins par Gustave Doré. *Paris, ez Bureaux de la Société générale de librairie*, 1855, in-8, front. et nombr. fig. sur bois, demi-rel. mar. brun, avec coins, dos orné, sans nerfs, fil. tête dor. non rog.

Bel exemplaire du PREMIER TIRAGE.

37. Jules Gérard. La Chasse au lion, ornée de gravures dessinées par Gustave Doré, et d'un portrait de Jules Gérard. *Paris, Librairie Nouvelle*, 1855, gr. in-8, portrait lithog. sur Chine et 11 pl. gr. sur bois, cart. perc. violette, fers spéciaux, tr. dor.

PREMIER TIRAGE.

38. Les Aventures du chevalier Jaufre et de la belle Brunissende, traduites par Mary Lafon, illustrées de 20 belles gravures dessinées par G. Doré. *Paris, Librairie Nouvelle*, 1856, gr. in-8, 19 pl. et vign. gr. sur bois, demi-rel. mar. vert avec coins, dos orné, fil. tête dor. non rog.

PREMIER TIRAGE.
Incomplet de la 8e planche.

39. Fierabras, légende nationale, traduite par Mary Lafon, et illustrée de douze belles gravures dessinées par G. Doré. *Paris, Librairie nouvelle*, 1857, gr. in-8, 12 pl. gr. sur bois, demi-rel. chag. citr. avec coins, dos orné, fil. tr. peigne.

PREMIER TIRAGE.

40. Emile de La Bédollière: Le Nouveau Paris. Histoire de ses 20 arrondissements. Illustrations de Gustave Doré, cartes topographiques de Desbuissons. — Histoire des environs du Nouveau Paris. Illustrations de Gustave Doré, cartes topographiques dessinées et gravées par Ehrard. — *Paris, Barba, s. d.* — Ens. 2 vol. in-4 à 2 col. front. nombr. fig. sur bois et cartes et plans en couleur, demi-rel. v. vert, et cart. demi-perc. r.

PREMIERS TIRAGES.

41. X. B. Saintine : Le Chemin des écoliers. Promenade de Paris à Marly-le-Roy en suivant les bords du Rhin avec 450 vignettes de G. Doré, Foster, etc. — La Mythologie du Rhin et les Contes de la Mère-Grand' illustrés par Gustave Doré. — *Paris, Hachette*, 1861-1876. — Ens. 2 vol. gr. in-8, nombr. fig. dans le texte, cart. perc. r. fers spéciaux, tr. dor.

Le Chemin des écoliers est du PREMIER TIRAGE.

42. La Légende du Juif-Errant, compositions et dessins par Gustave Doré, gravés sur bois par Rouget, Jahyer et Gauchard, imprimés par J. Best. Poëme avec prologue et épilogue par Pierre Dupont, préface et notice bibliographique par Paul Lacroix (Bibliophile Jacob), avec la Ballade de Béranger mise en musique par Ernest Doré. Deuxième édition. *Paris, Librairie du Magasin Pittoresque*, 1862, gr. in-fol. de 12 pp. de texte, avec musique notée, 12 pl. gr. sur bois, cartonnage avec encadr. historié sur bois, non rog.

Rare.

43. Atala, par le Vte de Chateaubriand, avec les dessins de Gustave Doré. *Paris, Hachette*, 1863, gr. in-4, 30 pl. sur pap. teinté et vign. gr. sur bois, cart. perc. r. fers spéciaux.

PREMIER TIRAGE.
6 planches sont incomplètes de la *légende* sur papier de soie, et 4 pl. sont détachées.

44. Les Contes de Perrault, dessins par Gustave Doré, préface par P. J. Stahl (J. Hetzel). *Paris, Hetzel*, 1864, gr. in-4, front. et 39 pl. gr. sur bois sur papier teinté, demi-rel. bas. verte.

Volume entièrement monté sur onglets.

45. Thomas Moore. L'Epicurien, traduit par Henri Butat, les vers par Théophile Gautier, préface d'Edouard Thierry, dessins de Gustave Doré. *Paris, Dentu*, 1865, in-8, 4 pl. gr. sur bois, demi-rel. bas. bleue, dos orné.

PREMIER TIRAGE.

46. Contes d'une vieille fille à ses neveux, par Mme Emile de Girardin, illustrés par Gustave Doré et G. Fath. *Paris, Michel Lévy, s. d.* (1866), gr. in-8, titre avec encadr. et 14 pl. gr. sur bois, br. *couverture illustrée*.

Bel exemplaire du PREMIER TIRAGE.

47. Milton's Paradise Lost, illustrated by Gustave Doré, edited with notes and a life of Milon, by Robert Vaughan. *London, Paris, and New-York, Cassell Petter et Galpin, s. d.* (1866), gr. in-4, 50 pl. gr. sur bois sur papier teinté, demi-rel. chag. r. ébarbé.

PREMIER TIRAGE.

48. La Sainte Bible, traduction nouvelle selon la Vulgate par MM. J.-J. Bourassé et P. Janvier... Dessins de Gustave Doré, ornementation du texte par H. Giacomelli. *Tours*, *Mame*, 1866, 2 vol. in-fol. à 2 col. pap. vélin, fig. et nombr. pl. sur bois, cart. perc. r. fers spéciaux. *(Rel. fatig.)*

PREMIER TIRAGE.
Tache aux marges supérieures des 20 premiers ff. du tome I.

49. L'Enfer de Dante Alighieri, avec les dessins de Gustave Doré, traduction française de Pier-Angelo. fiorentino, accompagnée du texte italien. *Paris*, *Hachette*, 1868, gr. in-4, portrait et 75 pl. gr. sur bois sur pap. teinté, cart. perc. r. fers spéciaux.

Transposition de deux planches. Trois autres sont détachées.

50. Le Purgatoire (et le Paradis) de Dante Alighieri, avec les dessins de Gustave Doré, traduction française de Pier-Angelo Fiorentino accompagnée du texte italien. *Paris*, *Hachette*, 1868, 2 parties en 1 vol. in-fol. pap. vélin, nombr. pl. sur bois, demi-rel. mar. r. plats perc. tr. peigne.

PREMIER TIRAGE.

51. La Divina Commedia di Dante Alighieri, illustrata da Gustavo Doré, e dichiarata con note tratte dai migliori commenti, per cura di Eugenio Camerini. *Milano*, *Sonzogno*, 1868, gr. in-4, 75 pl. gr. sur bois, cart.

52. Fables de La Fontaine avec les dessins de Gustave Doré. *Paris*, *Hachette*, 1868, pet. in-fol. texte encadré, portr. nombr. pl. vign. et culs-de-lampe gr. sur bois, demi-rel. mar. bleu, dos orné.

PREMIER TIRAGE de l'édition en un volume.

53. Enid, by Alfred Tennyson, illustrated by Gustave Doré. *London*, *Moxon*, 1868, in-fol. 9 pl. gr. sur acier, cart. perc. verte, fers spéciaux, tr. dor.

PREMIER TIRAGE.

54. Alfred Tennyson. Viviane, poëme traduit de l'anglais, par Francisque Michel, avec neuf gravures sur acier, d'après les dessins de Gustave Doré. *Paris*, *Hachette*, 1868, gr. in-4, 9 pl. gr. sur acier, cart. perc. r. fers spéciaux.

PREMIER TIRAGE.

55. L'Ingénieux Hidalgo Don Quichotte de La Manche, par Miguel de Cervantès Saavedra, traduction de Louis Viardot, avec 370 compositions de Gustave Doré, gravées sur bois, par H. Pisan. *Paris*, *Hachette*, 1869, 2 vol. gr. in-4, nombr. fig. à pleine page, et vign. gr. sur bois, cart. perc. r. fers spéciaux.

56. Quatrelles. (Ernest Lépine). Le Chevalier Beau-Temps, préface d'Alexandre Dumas fils, vignettes de Gustave Doré. *Paris*, *Pougin*, 1870, in-8, front. et vign. gr. sur bois, cart. perc. blanche, non rog.

PREMIER TIRAGE.

57. Œuvres de Rabelais, texte collationné sur les éditions originales avec une vie de l'auteur, des notes et un glossaire par Louis Moland. Illustrations de Gustave Doré. *Paris*, *Garnier*, *s. d.* 2 vol. in-4, nombr. pl. et fig. sur bois, demi-rel. mar. grenat, dos orné.

58. London. A Pilgrimage, by Gustave Doré and Blanchard Jerrold. *London*, *Grant et Co.* 1872, in-fol. pap. vélin, texte encadré d'un fil. r. front. nombr. pl. fig. et vign. sur bois, mar. noir, dos orné, fil. et comp. dent. int. tr. dor.

PREMIER TIRAGE.

59. La Légende de Croque-mitaine, recueillie par Ernest L'Epine et illustrée de 175 vignettes sur bois, par Gustave Doré. 769-778 Deuxième édition. *Paris, Hachette*, 1874, in-4, titre r. et noir, front. fig. et vign. gr. sur bois, cart. perc. r. fers spéciaux, tr. dor. fatig.

60. Samuel Coleridge. La Chanson du Vieux marin, traduite par A. Barbier, et illustrée par Gustave Doré. *Paris, Hachette*, 1877, in-fol. de 14 pp. de texte, avec la traduction anglaise dans les marges, front. fleuron, 38 pl. 1 vign. et 1 cul-de lampe gr. sur bois, cart. perc. r. fers spéciaux.

PREMIER TIRAGE.
Sur le premier f. de garde, on remarque le nom de Madame VALENTINE ABOUT, avec la date janvier 1877.

61. Histoire des Croisades par Michaud, illustrée de 100 grandes compositions par Gustave Doré, gravées par Bellenger, Doms, Gusman, Jonnard, Pannemaker, Pisan, Quesnel. *Paris, Furne*, 1877, 2 vol. in-fol. 100 pl. gr. cart. perc. r. fers spéciaux.

PREMIER TIRAGE.

62. Arioste. Roland furieux, poème héroïque, traduit par A. J. Du Pays et illustré par Gustave Doré. Nouvelle édition. *Paris, Hachette*, 1888, in-fol. pap. vélin, front. nombr. pl. et fig. sur bois, cart. perc. r. fers spéciaux.

63. Ouvrages illustrés par Gustave Doré. — Réunion de 8 vol. de divers formats, rel. cart. ou br. (*Ce numéro pourra être divisé*).

1. Edmond About. Le Roi des Montagnes. Nouvelle édition, illustrée de 158 dessins par Gustave Doré. *Paris, Hachette*, 1896, gr. in 8, fig. cart. perc. r. fers spéciaux, tr. dor.
2. Th. Gautier. Le Capitaine Fracasse, illustré par Gustave Doré. *S. l. n. d.* (*Paris, Polo*, 1874), gr. in-8, front. et nombr. fig. dans le texte, cart. dos de perc. verte.
3. L'Espagne, mœurs et paysages, histoire et monuments, par M. l'abbé Léon Godard ; orné de seize gravures d'après Gustave Doré et V. Foulquier. *Tours, Mame*, 1882, gr. in-8, front. et pl. demi-rel. chag. r. dos orné.
4. Histoire de l'intrépide Capitaine Castagnette, par Manuel, illustrée de 43 vignettes sur bois par Gustave Doré. *Paris, Hachette*, 1862, in 4, fig. cart. perc. bleue, fers spéciaux, tr. dor. (PREMIER TIRAGE.)
5. Les Chansons d'autrefois recueillies et annotées par Ch. Malo, illustrations par Gustave Doré. *Paris, Laisné*, 1861, in-12, fig. sur bois, demi rel. chag. r. dos orné. (PREMIER TIRAGE.)
6. Adrien Marx. Histoires d'une minute, physionomies parisiennes illustrées par Gustave Doré. *Paris, Dentu*, 1864, in 12, fig. sur bois, demi-rel. chag. r. dos orné. (PREMIER TIRAGE).
7. Voyage aux Pyrénées par H. Taine. Septième édition, illustrée par Gustave Doré. *Paris, Hachette*, 1873, gr. in-8, nombr. fig. dans le texte, demi-rel. chag. r. dos orné, tr. dor.
8. Aline, journal d'un jeune homme par Valery Vernier, avec un dessin de Gustave Doré. *Paris, Dentu*, 1857, in-12, front. br. (PREMIER TIRAGE.)

64. Ouvrages renfermant des illustrations de Gustave Doré. — Réunion de 15 vol. de divers formats, rel. cart. ou br. (*Ce numéro pourra être divisé*).

1. Œuvres complètes de Lord Byron, traduction nouvelle de Louis Barré, illustrées par Ch. Mettais, Bocourt, G. Doré. *Paris*, 1858, in-4, front. et nombr. fig. sur bois, demi-rel. v. brun.
2. Œuvres illustrées d'Alexandre Dumas. Illustrations de Philippoteaux, Gavarni, Gustave Doré, etc. Les Compagnons de Jéhu. Le Page du Duc de Savoie. Le Kent. *Paris, Tallandier, s. d.* 2 vol. gr. in-8, pl. br. couvertures illustrées.
3. Histoire populaire de la France (par V. Duruy). *Paris, Lahure, s. d.* 4 tomes en 2 vol. gr. in-8 à 2 col. nombr. fig. sur bois, demi-rel. bas. verte, dos orné.
4. Les Mille et une Nuits, contes arabes, traduits en français par Galland. *Paris, Lahure*, 1865-66, 2 vol. gr. in-8 à 2 col. nombr. fig. sur bois, demi-rel. bas. r.
5. Œuvres choisies de Paul de Kock. Tome premier. *Paris, Rouff, s. d.* gr. in-8 à 2 col. nombr. fig. dans le texte, br.
6. Contes et Légendes par Léon Laujon. Ouvrage illustré par Doré, Bertall, Foulquier... *Paris, Lahure*, 1868, in-4, nombr. fig. cart. perc. r. tr. dor.
7. Géographie universelle de Malte-Brun, illustrée par Gustave Doré. *Paris, Barba*, 1859, 2 vol. de texte avec nombr. fig. (*sans titres*) et 1 atlas in-4 de 110 cartes en couleur montées sur onglets, demi-rel. bas. r.
8. Le Petit Journal pour rire, Directeur : Ch. Philipon. Rédacteur en chef : Nadar. *Paris, s. d.* 201 numéros (nos 1 à 40 et 510 à 671) en 3 vol. in-4, nombr. fig. et portraits-charge en noir et en couleur par G. Doré, Gill, Grévin, Randon, etc., cart. dos de perc. non unif.
9. Album du Petit Journal pour rire. *Paris, février* 1848 *à février* 1850, 107 numéros (nos 1 à 104 et 106 à 108) en 1 vol. in-fol. obl. nombr. fig. et portraits-charge par Gustave Doré, V. Adam, Emy, Bertall, etc. cart. dos de perc. verte.

65. La Vie et les Œuvres de Gustave Doré d'après les souvenirs de sa famille, de ses amis et de l'auteur Blanche Roosevelt. Ouvrage traduit de l'anglais, par M. Du Seigneux. Préface par Arsène Houssaye. Très nombreux dessins inédits de Gustave Doré. *Paris, Librairie illustrée, s. d.* (1887) gr. in-8, front. pl. fig. et fac-similé, demi-rel. mar. brun avec coins, dos orné, non rog. couverture.

Exemplaire sur PAPIER DU JAPON.

BELLES-LETTRES

66. Grammaire générale et raisonnée, contenant les fondemens de l'art de parler : expliquez d'une manière claire et naturelle : les raisons de ce qui est commun à toutes les langues, et des principales différences qui s'y rencontrent, et plusieurs remarques nouvelles sur la langue françoise. — Nouvelle méthode pour apprendre facilement et en peu de temps la langue italienne. – Nouvelle méthode pour apprendre facilement et en peu de temps la langue espagnole. *Paris, Pierre Le Petit*, 1660. — Ens. 3 parties en 1 vol. in-12, v. f. dos orné, fil. dent. int. tr. dor.

PREMIÈRE ÉDITION fort estimée de cette grammaire connue sous le nom de *Grammaire de Port-Royal*, composée par Cl. Lancelot et Ant. Arnauld.
Bel exemplaire.

67. Publii Virgilii Maronis Opera, curis et studio Stephani Andreæ Philippe. *Lutetiæ Parisiorum, Coustelier*, 1745, 3 vol. in-12, front. et 17 fig. par Cochin, gr. par Duflos, vign. et culs-de-lampe, mar. r. dos orné, fil. dent. int. tr. dor. (*Rel. anc.*)

Bel exemplaire sur PAPIER DE HOLLANDE.

68. Les Œuvres de Virgile, en latin et en francais (traduites par l'abbé de La Landelle de St-Rémy, retouchées par J. Nic. Lallemant). Nouvelle édition, revue et corrigée. *Paris, Nyon*, 1787, 4 vol. in-12. v. jaspé. dos orné, fil. non rog.

69. Collection des anciens poètes français imprimée par Coustelier. *Paris, Coustelier*, 1723-1724, 8 vol. pet. in-8 (sur 10), v. ant. marb. dos orné.

Poésies de Coquillart. — Farce de Pierre Pathelin. — Œuvres de Villon. — Poésies de Martial de Paris, dit d'Auvergne, 2 vol. — Légende de Pierre Faifeu. — Poésies de Crétin. — Œuvres de Jean Marot.

70. Recueil des plus belles pièces des poètes françois, depuis Villon jusqu'à Benserade (choisies par Fontenelle). *Paris, par la Compagnie des Libraires*, 1752, 5 vol. pet. in-12, pap. vergé, cart. bradel,demi-perc. marb. dos orné, non rog.

Tomes I à V (*sur VI*) de cet ouvrage connu sous le nom de *Recueil de Barbin*.

71. Euvres de Louïze Labé Lionnoize. *Lyon. Scheuring*, 1862, in-8, pap. vergé teinté, titre avec encadrement sur bois, br.

Tiré à petit nombre.

72. Œuvres de Louise Labé, publiées avec une étude et des notes, par Prosper Blanchemain. *Paris, Librairie des Bibliophiles*, 1875, in-16, br.

De la collection du *Cabinet du Bibliophile*.
Un des 15 exemplaires numérotés sur PAPIER DE CHINE (n° 1).

73. Les Satyres, et autres œuvres du sieur Regnier, augmentez de diverses pièces ci-devant non imprimées. *A Rouen, et se vendent à Paris, chez Louis Billaine*, 1667, in-12, v. f. ant. dos orné.

Jolie édition, bien imprimée.

74. Œuvres de Regnier. Nouvelle édition, considérablement augmentée. *Genève* (*Paris, Cazin*), 1777, 2 vol. in-18, pap. vergé, portr. gr. par Boilly et front. par Marillier, demi-rel. mar. r. avec coins, non rog. (*Raparlier.*)

Exemplaire réglé.

75. Louanges de la Sainte Vierge, composées en rimes latines par S. Bonaventure et mises en vers françois, par P. Corneille. *A Rouen, et se vendent à Paris, chez Gabriel Quinet*, 1665, in-12 de 4 ff. prél. et 83 pp. v. brun ant.

Édition originale. — Le frontispice manque.

76. Fables de La Fontaine. *Paris, Didot l'aîné*, 1781, 2 vol. in-18, mar. r. jans. dent. int. tête dor. non rog. (*Raparlier.*)

De la *Collection du Comte d'Artois*.

77. Fables de La Fontaine. *Paris, Didot l'aîné*, 1782, 2 vol. in-18, pap. vélin, mar. r. dos orné, fil. dent. int. tr. dor. (*Derome.*)

Reliure signée.

78. Œuvres de J. de La Fontaine d'après les textes originaux, suivies d'une notice sur sa vie et ses ouvrages, d'une étude bibliographique, de notes, de variantes et d'un glossaire, par Alphonse Pauly. *Paris, Lemerre*, 1875-76, 2 vol. in-8, pap. de Holl. portr. gr. à l'eau-forte, br. couverture parcheminée.

Tomes I et II, contenant les *Fables et Poèmes*.

79. Œuvres de Boileau Despréaux. *Paris, David*, 1750, 3 vol. in-12, fleurons sur les titres et 3 vign. par Eisen, mar. r. dos orné, fil. dent. int. tr. dor. (*Rel. anc.*)

80. Œuvres choisies de Boileau Despréaux, 2 vol. portr. d'après Rigaud, gr. par Delaunay. — Fables choisies, mises en vers par M. de La Fontaine, 2 vol. front. par Marillier, gr. par Delaunay.— *Amsterdam et Genève* (*Paris, Cazin*), 1777. — Ens. 4 vol. in-18, portr. et front. mar. r. dos orné, fil. tr. dor. (*Rel. anc.*)

81. Petite Bibliothèque des Théâtres, contenant un Recueil des meilleures pièces du Théâtre François, tragique, comique, lyrique et bouffon, depuis l'origine des spectacles en France, jusqu'à nos jours (publiée par Th. Le Prince et Baudrais). *Paris*, 1784-88, 80 vol. in-18, pap. vélin, nombr. portr. et musique notée et gr. cart. non rog.

Collection complète.

82. Les Œuvres de Monsieur Molière. *Amsterdam, chez Jaques le jeune* (*à la Sphère*), 1675, 5 vol. in-12, front. gr. vélin moderne à recouvr. tr. dor.

Première édition elzevirienne, rare et recherchée ; elle contient les 25 pièces de Molière publiées séparément par Daniel Elzevier, plus le *Festin de Pierre*, par Dorimond et l'*Ombre de Molière* par Brécourt. Le *Malade imaginaire* forme deux pièces dont l'une contient les Intermèdes. (Voir : Willems, *Les Elzevier*, n° 1511).

Exemplaire avec toutes les pièces de bonne date (1671 et 1675). — Il porte sur le titre du premier volume le timbre armorié de Claude Robert, conseiller du Roi, procureur au Châtelet de Paris ; légère cassure au même titre.

Hauteur : 127 à 128 1/2 mill.

83. Le Théâtre de Jean-Baptiste Poquelin de Molière, collationné minutieusement sur les premières éditions et sur celles des années 1666, 1674 et 1682, orné de vignettes gravées à l'eau-forte d'après les compositions de différents artistes, par Frédéric Hillemacher. *Lyon, Scheuring*, 1864-1870, 8 vol. in-8, pap. vergé teinté, nombr. vign. gr. à l'eau-forte, br.

84. Contes des Fées, par Ch. Perrault... contenant : le Chaperon rouge, les Fées, la Barbe bleue, la Belle au bois dormant, le Chat botté, Cendrillon, Riquet à la houpe, le Petit Poucet, l'Adroite Princesse, Griselidis, Peau d'Ane, les Souhaits ridicules. *Paris, Lamy*, 1781, 2 parties en 1 vol. in-12, front. et 12 vign. dont 8 gr. par Fokke d'après de Sève et 4 par Martinet, v. ant. marb. dos orné.

Edition rare et recherchée.

85. Les Contes des Fées en prose et en vers de Charles Perrault. Deuxième édition, revue et corrigée sur les éditions originales et précédée d'une lettre critique par Ch. Giraud. *Lyon, Perrin*, 1865, in-8, pap. vergé teinté, portr. pl. et nombr. vign. en feuilles dans un carton.

86. Atala. René, par Fr. Aug. de Chateaubriand. *Paris, Le Normant*, 1805, in-12, v. f. dos orné, fil. dent. int. tr. dor. (*Thompson*.)

Première édition d'Atala publiée avec l'aveu de Chateaubriand.

87. L'Ingénieux Chevalier Don Quixote de la Manche. Nouvelle traduction (de Michel de Cervantès, par de L'Aulnaye). *Paris, Desoer*, 1821, 4 vol. in-18, frontispices et fig. par Devéria et carte en couleur, demi-rel. mar. vert avec coins, ébarbé. (*Raparlier*.)

88. La Vie et les avantures surprenantes de Robinson Crusoé, contenant entre autres événemens le séjour qu'il a fait pendant vingt et huit ans dans une Isle déserte, située sur la côte de l'Amérique... le tout écrit par lui-même, traduit de l'anglois (de Daniel De Foe, par Sainte-Hyacinthe et Van Effen). *Amsterdam, l'Honoré et Chatelain*, 1721, 3 vol. in-12, 3 cartes et 21 pl. par B. Picard, vélin.

Bonne édition. Le tome III contient : *Réflexions sérieuses et la vision du monde angélique*. Piqûres d'humidité.

89. Laurence Sterne. Voyage sentimental en France et en Italie. Traduction nouvelle par Alfred Hédouin. *Paris, Librairie des Bibliophiles*, 1875, in-16, pap. de Holl. 6 eaux-fortes par Edmond Hédouin, br.

De la *Petite Bibliothèque artistique*.

90. Les Mille et une Nuit (*sic*), contes arabes, traduits en françois par Mr. Galland. Nouvelle édition. *Leide, Wetstein*, 1768, 12 vol. in-18, 6 front. gr. cart. bradel. demi-perc. marb. dos orné, ébarbé.

91. Lettres de Marie de Rabutin-Chantal, Marquise de Sévigné à sa fille et à ses amis. Edition revue et publiée par M. U. Silvestre de Sacy. *Paris, Techener*, 1861, 11 vol. in-8, 2 portr. gr. à l'eau-forte par J. Jacquemart, br.

Exemplaire sur grand papier de Hollande avec les portraits en double état ; avec les cadres à la sanguine et *avant les cadres*.

92. Lettres de Monsieur de La Beaumelle à M. de Voltaire. *Londres, Nourse*, 1763, in-12, v. f. ant. dos orné, fil. dent. int. tr. dor.

93. Correspondance de P. J. Proudhon, précédée d'une notice sur P.-J. Proudhon, par J. A. Langlois. *Paris, Lacroix*, 1875, 14 vol. in-8, br.

94. Œuvres de Bossuet, revues sur les manuscrits originaux, et les éditions les plus correctes, 43 vol. — Histoire de France, composée par Mgr le Dauphin, d'après les leçons de Bossuet. Suite des Œuvres : 3 vol. — Histoire de Bossuet... composée sur les manuscrits originaux, par M. L. F. de Bausset, 4 vol. — *Versailles, Lebel,* 1814-1821. — Ens. 50 vol. in-8, 2 portr. gr. demi-rel. mar. olive, dos, orné, non rog.

Exemplaire sur PAPIER VÉLIN.

95. Œuvres complètes de Montesquieu. Nouvelle édition avec des notes d'Helvétius sur l'esprit des Lois (dirigée par l'abbé J. B. L. de La Roche). *Paris, Didot l'aîné*, 1795, 12 vol. in-18, portr. par Saint-Aubin, demi-rel. bas. verte, non rog.

Exemplaire sur GRAND PAPIER VÉLIN.

96. Œuvres complettes de M. de Saint-Foix, historiographe des ordres du Roi. *Paris, Duchesne,* 1778, 6 vol. in-8, pap. de Holl. portr. par Saint-Aubin, gr. par Le Mire et 2 fig. par Marillier, v. ant. écaille, dos orné, fil. tr. marb.

97. Le Comte Joseph de Maistre. Ouvrages divers. — Réunion de 13 vol. in-8, dont 3 br. et 10 en demi-rel. v. f. dos orné.

Les Soirées de Saint-Pétersbourg, ou Entretiens sur le gouvernement temporel de la Providence. *Paris*, 1821, 2 vol. portr. — Considérations sur la France. Nouvelle édition, la seule revue par l'auteur. *Paris*, 1821. — Du Pape. Seconde édition augmentée et corrigée par l'auteur. *Paris*, 1821, 2 vol. — De l'Eglise Gallicane dans son rapport avec le Souverain Pontife. *Paris*. 1821. — Lettres à un gentilhomme Russe, sur l'inquisition espagnole. *Paris,* 1822. — Sur les délais de la justice divine, dans la punition des coupables. *Lyon*, 1838. — Lettres et opuscules inédits, précédés d'une notice biographique par son fils. *Paris*, 1851, 2 vol. portr. — Correspondance diplomatique 1811-1817, recueillie et publiée par Albert Blanc. *Paris*, 1860, 2 vol. — Mémoires politiques et correspondance diplomatique, avec explications et commentaires historiques (par le même). Troisième édition. *Paris*, 1864.

98. Œuvres complètes de M. le vicomte de Chateaubriand. *Paris, Ladvocat,* 1826-1831, 31 vol. in-8, front. répété à chaque vol. cart. bradel, demi-perc. marb. dos orné, ébarbé.

99. C. Leber : De l'Etat réel de la presse et des pamphlets, depuis François Ier jusqu'à Louis XIV. *Paris, Techener,* 1834, demi-rel. mar. bleu avec coins, non rog. — De l'Appréciation de la fortune privée au moyen âge. *Paris, Guillaumin,* 1847, cart. bradel, demi-perc. brune. — — Ens. 2 vol. in-8, rel.

100. A Gratry : Les Sources. Conseils pour la conduite de l'esprit, 2 vol. — Jésus-Christ. Réponse à M. Renan. — Les Sophistes et la critique. — *Paris, Plon et Douniol,* 1861-1864. — Ens. 4 vol. in-8 et in-12, br.

101. Vicomte A. de la Guéronnière : Etudes et portraits politiques contemporains. — Le Droit public et l'Europe moderne, 2 vol. — *Paris, Plon et Hachette,* 1856-1876. — Ens. 3 vol. gr. in-8, dont 1 en cart. bradel, demi-perc. brune et 2 br.

102. Louis Veuillot. Ouvrages divers. — Réunion de 9 vol. in-8 et in-12, dont 2 en demi-rel. mar. grenat avec coins, 4 en cart. bradel, demi-perc. brune et 3 br.

Les Pèlerinages de Suisse. Einsiedeln, Sachslen, Maria-Stein. *Paris*, 1839, 2 vol. — La guerre et l'homme de guerre. *Paris*, 1855. — De quelques erreurs sur la papauté. *Paris*, 1859. — Ça et là. *Paris*, 1860, 2 vol. — Le Parfum de Rome. *Paris*, 1862, 2 vol. — Les Odeurs de Paris. *Paris*, 1867.

103. Discours et Mélanges politiques, par le Comte de Falloux. *Paris, Plon,* 1882, 2 vol. in-8, br.

104. Alphonse Karr : Le Livre de bord. Souvenirs, portraits, notes au crayon, 4 vol. — Grains de bon sens. — L'Esprit d'Alphonse Karr pensées extraites de ses Œuvres complètes. — *Paris, Calmann Lévy*, 1877-1880. — Ens. 6 vol. in-12, br.

105. H. Taine. Ouvrages divers. — Réunion de 9 vol. in-12, br.

Philosophie de l'art dans les Pays-Bas. *Paris*, 1869. — Philosophie de l'art en Grèce. *Paris*, 1870. — Notes sur l'art en Angleterre. *Paris*, 1872. — Philosophie de l'art en Italie. *Paris*, 1876. — Les Philosophes classiques du XIXe siècle en France. *Paris*, 1876. — Voyage en Italie. Naples et Rome. Florence et Venise. *Paris*, 1876, 2 vol. — De l'Idéal dans l'art. *Paris*, 1879. — La Fontaine et ses Fables. *Paris*, 1879.

106. Œuvres complètes de sir Walter Scott (traduites de l'anglais par MM. Am. Pichot et Artaud pour les ouvrages en vers, et par MM. Jos. Martin, Janinnet, de Bourg, Defauconpret père et fils, Mmes Maraise, Collet, Gosselin, etc., pour les ouvrages en prose). *Paris, Ch. Gosselin et Sautelet*, 1826-1833, 84 vol. in-12, front. gr. à chaque vol. nombr. pl. par Desenne, Eug. Lami, Alfred et Tony Johannot, Perrot, etc. gr. sur acier, cartes gr. et fac-similé, cart. bradel, demi-perc. marb. dos orné, ébarbé.

107. Mélanges de littérature et d'histoire, recueillis et publiés par la Société des Bibliophiles François. *Paris*, 1850-1856, 2 vol. in-8, pap. vergé, br.

108. Bibliothèque Elzevirienne. *Paris, Jannet*, 1855-1859, 18 vol. in-12, cart. perc. r. non rog.

Livre de l'internelle consolacion, 1 vol. — Recueil de poésies françoises des XVe et XVIe siècles, 8 vol. (tomes I à VIII). — Variétés historiques et littéraires, 9 vol. (tomes I à IX).

HISTOIRE

109. Geographia vetus ex antiquis, et melioris notæ scriptoribus nuper collecta per clarissimum virum P. Bertium... *S. l. n. d.* (*Paris*, 1628), in-4 obl. contenant 20 ff. de texte et 20 cartes gr. vélin.

Bel *ex-libris* ancien, gr. et armorié de Joannis Baptistæ Eliæ Camus de Pont-Carré de Viermes.

110. Tra los montes, par Théophile Gautier. *Paris, Victor Magen*, 1843, 2 vol. in-8, cart. bradel, demi-perc. r. ébarbé.

Edition originale.

111. Souvenirs d'un Voyage dans la Tartarie, le Thibet et la Chine pendant les années 1844, 1845 et 1846, par M. Huc, prêtre-missionnaire de la Congrégation de Saint-Lazare. *Paris, Le Clère*, 1850, 2 vol. gr. in-8, carte en couleur, demi-rel. v. f. dos orné, non rog. (*Raparlier*.)

112. Lettres écrites d'Egypte et de Nubie, en 1828 et 1829, par Champollion le jeune. Collection complète, accompagnée de trois mémoires inédits et de planches. *Paris, Firmin-Didot*, 1833, in-8, pl. lithog. demi-rel. v. f. dos orné.

113. Discours sur l'Histoire Universelle... depuis le commencement du monde jusqu'à l'Empire de Charlemagne, par Messire Jacques-Bénigne Bossuet... *Paris, Sébastien Mabre-Cramoisy*, 1681, in-4, v. ant. granit.

Edition originale.

114. Discours sur l'Histoire Universelle à Monseigneur le Dauphin, pour expliquer la suite de la Religion et les changements des Empires depuis le commencement du monde jusqu'à l'Empire de Charlemagne, par Messire Jacques Bénigne Bossuet. Seconde édition. *Paris, Séb. Mabre-Cramoisy*, 1682, in-12, mar. r. jans. dent. int. tr. dor.

Seconde édition originale.
Bel exemplaire réglé.

115. Discours sur l'Histoire Universelle par Bossuet, avec une préface par M. Poujoulat. Gravures à l'eau-forte par V. Foulquier. *Tours, Mame*, 1870, gr. in-8, front. et vign. gr. à l'eau-forte, br.

Exemplaire numéroté sur grand papier vergé.

116. — Le même ouvrage, même édition, gr. in-8, front. et vign. gr. à l'eau-forte, br.

Un des 20 exemplaires numérotés sur papier de Chine (n° 10).

117. Commentaires de Jules César, de la guerre de Gaule, traduits par feu Robert Gaguin (et la seconde partie; de la guerre civile, Alexandrine, d'Afrique, d'Espaigne, traduictz par... Estienne de Laigue dict Beauvois), revuz et verifiez sur les vrays exēplaires latins, par Antoine Du Moulin, Masconnois. *Lyon, par Jan de Tournes*, 1555, 2 vol. in-16, titre avec un encadrement sur bois, fig. v. r. dos orné, fil. dent. int. tr. dor.

118. Les Commentaires de César (traduits par Nic. Perrot d'Ablancourt, avec des remarques sur la carte de l'ancienne Gaule, par S. Sanson d'Abbeville). *Paris, Camusat*, 1650, in-4, front. et carte gr. vélin moderne à recouvr.

Première édition de cette traduction.

119. Histoire de Jules César (par Napoléon III). *Paris, Impr. Impériale*, 1865-66, 2 vol. gr. in-4, portr. et nombr. cartes en couleur, br.

120. Guizot : Histoire générale de la civilisation en Europe, depuis la chute de l'Empire Romain jusqu'à la Révolution Française, 1 vol. — Histoire de la civilisation en France, depuis la chute de l'Empire Romain jusqu'en 1789, 5 vol. — *Paris, Pichon et Didier*, 1828-1832. — Ens. 6 vol. in-8, portr. gr. demi-rel. v. f. dos orné, ébarbé. (*Raparlier.*)

121. Mémoires, Documents et écrits divers laissés par le prince de Metternich, chancelier de cour et d'Etat, publiés par son fils le prince Richard de Metternich, classés et réunis par M. A. de Klinkowstroem (1773-1859). *Paris, Plon*, 1880-1884, 8 vol. gr. in-8, portr. en héliogravure et fac-similé, br.

122. Abrégé chronologique de l'Histoire de France, par le Sr de Mézeray, divisé en six tomes; 6 vol. — Histoire de France avant Clovis, l'origine des Français et leur establissement dans les Gaules... par le Sr. de Mézeray. *Amsterdam, Wolfgang*, 1673-1688. — Ens. 7 vol. in-12, front. et portr. gr. vélin.

Jolie édition, qui s'annexe à la Collection Elzévirienne (Willems. *Les Elzevier*, n° 1876.)

123. Les Origines de la France contemporaine, par H. Taine. *Paris, Hachette*, 1877-1885, 4 vol. in-8, br.

L'Ancien régime. — La Révolution, 3 vol.

124. Carte générale de la Monarchie Françoise, contenant l'histoire militaire, depuis Clovis premier Roy Chrétien, jusqu'à la quinzième année accomplie du règne de Louis XV, avec l'explication de plusieurs matières intéressantes... lesquelles y sont traitées en 20 tables enrichies de tailles douces qui se joignent en une seule carte, présentée au Roy le 17 février M.DCC.XXX, par le sieur Lemau de La Jaisse... mise au jour par l'auteur en 1733. *S. l. n. d.* (*Paris, Giffart*, 1733), gr. in-fol. pl. montées sur onglets, parchemin vert, genre portefeuille.

125. Les Zouaves et les chasseurs à pied. Esquisses historiques (par le duc d'Aumale). Deuxième édition. *Paris, Michel Lévy*, 1855, in-12, chag. r. dos orné et fil. dor. dent. à froid, tr. dor.

Exemplaire portant en lettres dorées sur le premier plat de la reliure l'inscription suivante surmontée d'une couronne : H. E. P. L. d'Orléans, duc d'Aumale. La couronne seule est répétée sur le second plat.

126. Mémoire pour servir à l'Histoire de la Société polie en France, par P. L. Rœderer. *Paris, Firmin-Didot*, 1835, in-8, demi-rel. mar. r. non rog. (*Raparlier.*)

Envoi autographe de l'auteur.

127. Le Sacre et Corõnemẽt de ma Dame Leonore Daustriche, Royne de France, le Cinquiesme jour de Mars, M.D.XXX, par Guillaume Bochetel. *Bruxelles, Van Trigt*, 1863, in-4 de 13 ff. non ch. br.

Réimpression tirée seulement à 50 exemplaires sur papier ancien aux frais et par les soins de M. Ruggieri.

128. Mémoires complets et authentiques du Duc de Saint-Simon sur le règne de Louis XIV et la Régence, publiés pour la première fois sur le manuscrit original entièrement écrit de la main de l'auteur, par M. le Marquis de Saint-Simon. *Paris, Sautelet*, 1829-1830, 21 vol. in-8, portr. gr. demi-rel. v. f. dos orné, ébarbé. (*Raparlier.*)

La marge extérieure du titre de quelques volumes est un peu courte.

129. Mémoires de M. Du Gué-Trouin, chef d'escadre des armées de S. M. T. C. et grand-croix de l'ordre militaire de S. Louis. *Amsterdam, Pierre Mortier*, 1730, in-12, v. f. ant. dos orné, fil.

Première édition, publiée par M. P. Villepontoux.

130. Le Sacre de Louis XV, Roy de France et de Navarre, dans l'Eglise de Reims le dimanche 25 octobre 1722 (rédigé par Danchet). *S. l. n. d.* (*Paris*, 1723), gr. in-fol. titre-front. pl. et vign. gr. v. ant. marb. dos orné, dent. fleurdelisée, tr. dor. (*Rel. défraîchie.*)

Livre entièrement gravé, texte et planches. Il est orné de 8 grandes vignettes, 9 grandes planches doubles et 30 planches de costumes gravées par Audran, Cochin, Larmessin, Tardieu, etc.

Exemplaire aux armes et au chiffre de Louis XV. Légère mouillure aux marges supérieures de quelques ff.

131. Réimpression de l'ancien Moniteur, seule histoire authentique et inaltérée de la Révolution Française depuis la réunion des Etats-Généraux jusqu'au Consulat (mai 1789-novembre 1799), avec des notes explicatives. Edition ornée de vignettes, reproduction des gravures du temps. *Paris, Plon*, 1858-1863, 32 vol. gr. in-8 à 2 col. dont 1 vol. d'introduction et vol. de tables, nombr. pl. br.

132. Histoire de la Révolution Française par M. A. Thiers. Quatorzième édition. *Paris, Furne*, 1846-53, 8 vol. in-12 de texte, cart. bradel, demi-perc. brune, dos orné et 1 Atlas in-4 de 32 plans ou cartes gr. montés sur onglets, cart. dos de perc. verte.

133. Mémoires de M. de Bouillé, sur la Révolution Française, depuis son origine jusqu'à la retraite du Duc de Brunswick, imprimés sur le manuscrit original, revu et corrigé par l'auteur, peu de temps avant sa mort, et augmenté de notes et pièces essentielles qui ne se trouvent pas dans l'édition anglaise. *Paris, Giguet*, 1801, 2 vol. in-12, portr. gr. v. f. ant.

134. A. de Lamartine : Histoire des Girondins. Troisième édition, 8 vol. pl. sur acier. — Histoire de la Restauration, 8 vol. — *Paris, Hachette et Furne*, 1848-1856. — Ens. 16 vol. in-8, pl. cart. bradel, demi-perc. marb. dos orné.

135. Souvenirs, épisodes et portraits pour servir à l'histoire de la Révolution et de l'Empire, par Charles Nodier. *Paris, Alphonse Levavasseur*, 1831, 2 vol. in-8, br. couvertures imprimées.

Édition originale.

136. Le Général Cte de Ségur : Histoire et Mémoires, 7 vol. — Mélanges, 1 vol. — *Paris, Firmin-Didot*, 1873. — Ens. 8 vol. in-8, br.

137. Mémoires de Madame de Rémusat 1802-1808, publiés par son petit-fils Paul de Rémusat. Troisième édition. *Paris, Calmann Lévy*, 1880, 3 vol. in-8, br.

138. Histoire de Napoléon, par M. de Norvins, vingt et unième édition, illustrée par Raffet, Charlet, Bellangé, Yan' Dargent. etc. *Paris, Furne, Jouvet*, 1868, in-4, nombr. fig. et vign. gr. sur b. br. *couverture illustrée.*

139. Mémorial de Sainte-Hélène par le Cte de Las Cases, suivi de Napoléon dans l'exil, par MM. O' Méara et Antomarchi, et de l'historique de la translation des restes mortels de l'Empereur Napoléon aux Invalides. *Paris, Ernest Bourdin*, 1842, 2 vol. gr. in-8, frontispices. cartes, nombr. fig. sur bois dans le texte et pl. sur Chine. demi-rel. mar. violet à long grain avec coins, dos orné, fil. tête dor. non rog. (*Arnold.*)

Exemplaire du premier tirage incomplet des planches 11 et 23.

140. Mémoires et relations politiques du baron de Vitrolles, publiés, selon le vœu de l'auteur, par Eugène Forgues (1814-1830). *Paris, Charpentier*, 1884, 3 vol. in-8, br.

141. Mémoires de Vidocq, chef de la police de sûreté jusqu'en 1827, aujourd'hui propriétaire et fabricant de papiers à Saint-Mandé, 4 vol. — Supplément, 2 vol. — *Paris, Tenon et Boulland*, 1828-1830. — Ens. 6 vol. in-8, portr. cart. perc. grenat, dos orné, non rog.

142. La Reine Hortense en Italie, en France et en Angleterre pendant l'année 1831. Fragmens extraits de ses Mémoires inédits, écrits par elle-même. *Paris, Levavasseur*, 1834, in-8, cart. bradel, demi-perc, brune, dos orné.

143. Une Année de Révolution d'après un journal tenu à Paris en 1848, par le Marquis de Normanby. *Paris, Plon*, 1858, 2 vol. in-8, cart. bradel, demi-perc. brune, dos orné.

144. Mémoires posthumes de Odilon Barrot. *Paris, Charpentier*, 1875, 2 vol. in-8, br.

145. Mémoires d'un Royaliste, par le Comte de Falloux, de l'Académie Française. *Paris, Didier*, 1888, 2 vol. in-8, 2 portr. en photogravure et en héliogravure, br.

146. Discours parlementaires de M. Thiers, publiés par M. Calmon (1830-1877). *Paris, Calmann Lévy*, 1879-1883, 15 vol. gr. in-8, br.

147. Histoire du second Empire. — Réunion de 13 vol. in-8 et in-12, dont 2 en demi-rel. chag. r. 2 cart. bradel, demi-perc. brune, et 9 br.

Mémoires sur le second Empire, par M. de Maurepas. *Paris*, 1881, 2 vol. — L'Empire et la défense de Paris devant le jury de la Seine, par le Général Trochu. *Paris*, 1872. — La Campagne d'Italie de 1859, par le Bon de Bazancourt. *Paris*, 1859, 2 vol. carte — La Guerre d'Italie, par le Duc d'Almazan. *Paris*, 1882, 7 cartes lithog. — Mme Campan à Ecouen. Etude historique et biographique, par Louis Bonneville de Marsangy. *Paris*, 1879, front. — Le Secret de l'Empereur. Correspondance échangée entre M. Thouvenel, le Duc de Gramont et le Comte de Flahault, 1860-1863, publiée par L. Thouvenel. *Paris*, 1889, 2 vol. — Lettres du Maréchal Saint-Arnaud. *Paris*, 1855, 2 vol. portr. lithog. — Le même ouvrage, 1832-1854. Troisième édition, précédée d'une notice de M. Sainte-Beuve. *Paris*, 1861, 2 vol.

148. Histoire de la Guerre de Crimée, par Camille Rousset. *Paris, Hachette*, 1877, 2 vol. de texte, br. et 1 atlas in-8 de 10 cartes lithog. en couleur et montées sur onglets, cart. perc. grenat.

149. Mémoires de Monsieur Claude chef de la Police de Sûreté sous le second Empire. *Paris, Rouff*, 1881-83, 10 vol. in-12, portr. br.

150. La Guerre Franco-Allemande de 1870-71, rédigée par la section historique du grand Etat-Major Prussien. Traduction par E. Costa de Serda, capitaine d'Etat-Major Français et le capitaine Ch. Kussler, professeur d'allemand à l'école supérieure de guerre. *Berlin et Paris, Dumaine*, 1872-1882, 20 livraisons gr. in-8, nombr. pl. plans et cartes, lithog. br.

151. Guerre Franco-Allemande de 1870-1871. Réunion de 4 plaquettes, 1 atlas et 21 vol. de divers formats, br.

Frédéric-Charles de Prusse. L'art de combattre l'armée Française. *Paris*, 1870. — Histoire de l'armée de Châlons. *Bruxelles*, 1870 — Qui est responsable de la guerre ? par Scrutator. *Paris*, 1871. — Sedan, par le Général de Wimpffen. *Paris*, 1871. — La Campagne de 1870 jusqu'au 1er Septembre. *Bruxelles*, 1871. — La Journée de Sedan, par le Général Ducrot. *Paris*, 1871. — Ma Mission en Prusse, par le Cte Benedetti. *Paris*, 1871. — Un Ministère de la guerre de 24 jours, par le Cte de Palikao. *Paris*, 1871, carte en couleur. — Rapports militaires écrits de Berlin, 1866-1870, par le Bon Stoffel. *Paris*, 1871. — Metz, campagne et négociations. *Paris*, 1872, carte. — L'Armée du Rhin, par le Maréchal Bazaine. *Paris*, 1872, carte. — La France et la Prusse avant la guerre, par le Duc de Gramont. *Paris*, 1872. — La Première armée de la Loire, par le Général d'Aurelle de Paladines. *Paris*, 1872, cartes en couleur. — L'Armistice et la Commune, par le Général Vinoy. *Paris*, 1872, 1 vol. de texte et 1 atlas de 7 cartes lithog. — Général Trochu : Pour la justice et la vérité : la Politique et le siège de Paris. *Paris*, 1873, 2 vol. — Procès du Maréchal Bazaine. *Paris*, 1874. — La Dépêche du 20 août 1870 du Maréchal Bazaine au Maréchal de Mac-Mahon, par le Bon Stoffel. *Paris*, 1874. — Le Comte de Bismarck et sa suite, par Moritz Busch. *Paris*, 1879. — Episodes de la guerre de 1870 et le blocus de Metz, par l'ex-Maréchal Bazaine. *Madrid*, 1883, cartes et fac-similés. — La Vérité sur l'évasion de l'ex-Maréchal Bazaine, par Marc Marchi. *Paris*, 1883. — Bazeilles-Sedan, par le Général Lebrun. *Paris*, 1884, cartes. — L'Allemagne et l'Italie 1870-1871, par G. Rothan. *Paris*, 1884-85, 2 vol.

152. Gouvernement de la Défense Nationale, du 30 juin 1870 au 22 juillet 1871, par M. Jules Favre. *Paris, Plon*, 1871-75, 3 vol. gr. in-8, br.

153. Dissertations sur l'Histoire ecclésiastique et civile de Paris, suivies de plusieurs éclaircissemens sur l'histoire de France. Ouvrage enrichi de figures en taille-douce, par M. l'abbé Lebeuf. *Paris, Lambert*, 1739-1743, 3 vol. — Description historique des curiosités de l'Eglise de Paris, contenant le détail de l'édifice, tant extérieur qu'intérieur, le trésor, les chapelles, etc. par M. C. P. G. (l'abbé de Montjoye). *Paris, Gueffier*, 1763, 1 vol. — Ens. 4 vol. in-12, nombr. pl. gr. v. f. dos orné, fil.

154. Histoire de la ville et de tout le diocèse de Paris... par M. l'abbé Lebeuf, de l'Académie des inscriptions et belles-lettres. *Paris, Prault*, 1754-1758, 15 vol. in-12, v. f. dos orné à petits fers, fil. dent. int. tr. dor. (*Petit, succr de Simier.*)

Bel exemplaire de cet ouvrage estimé.

155. Description de la ville de Paris et de tout ce qu'elle contient de plus remarquable, par Germain Brice. Nouvelle édition (avec des additions de Mariette et de l'abbé Perreau), enrichie d'un nouveau plan et de nouvelles figures dessinées et gravées correctement. *Paris*, 1752, 5 vol. in-12, dont 4 de texte et contenant 1 plan et 42 pl. gr. et montés sur onglets, cart. bradel, demi-perc. brune, dos orné, non rog.

156. Histoire Générale de Paris. Collection de Documents... publiée sous les auspices du Conseil Municipal. *Paris, Impr. Impériale*, 1866-68, 3 vol. gr. in-4, fig. et nombr. pl. gr. cart. non rog.

Introduction. — Topographie historique du vieux Paris, par Adolphe Berty, continuée par H. Legrand. Région du Louvre et des Tuileries, 2 vol.

157. Notice sur le plan de Paris de Jacques Gomboust, publié pour la première fois en 1652, reproduit par la Société des Bibliophiles François en 1858, avec le discours sur l'antiquité, grandeur, richesse, gouvernement de la ville de Paris, par P. P. et une table alphabétique, indiquant les rues, les ponts, les portes, les églises... (par Le Roux de Lincy). *Paris, Techener*, 1858, pet. in-8, pap. vergé, demi-rel. mar. r. avec coins, non rog. (*Raparlier.*)

158. Le Diable à Paris. Paris et les Parisiens. Mœurs et coutumes, caractères et portraits des habitants de Paris, tableau complet de leur vie privée, publique, politique, etc. Texte par MM. George Sand, P. J. Stahl, Léon Gozlan, P. Pascal, Frédéric Soulié, Ch. Nodier... Illustrations... par Gavarni... vignettes par Bertrall, vues, monuments... par Champin, Bertrand, D'Aubigny, Français. *Paris, Hetzel*, 1845-1846, 2 vol. gr. in-8, nombr. fig. sur bois dans le texte, cart. bradel, demi-perc. r.

Exemplaire du PREMIER TIRAGE sans les planches hors texte.

159. La Défense de Paris (1870-1871), par le Général Ducrot. *Paris, Dentu*, 1875-78, 4 vol. gr. in-8, nombr. cartes en couleur, br.

160. Souvenirs historiques des Résidences Royales de France par J. Vatout (et plusieurs collaborateurs). *Paris, Firmin-Didot*, 1837-1852, 7 vol. in-8, front. demi-rel. v. f. dos orné, ébarbé. (*Raparlier.*)

Collection complète contenant les Palais et Châteaux : de Versailles ; du Palais-Royal ; d'Eu ; de Fontainebleau ; de Saint-Cloud, d'Amboise et de Compiègne.

161. Versailles ancien et moderne, par le Comte Alexandre de Laborde. *Paris, Impr. Schneider et Langrand*, 1841, gr. in-8, front. carte et nombr. fig. dans le texte, demi-rel. chag. vert, dos orné.

162. Le Château de Chambord par L. de La Saussaye. Huitième édition, revue, corrigée et augmentée de pièces justificatives. *Lyon, Perrin*, 1859, in-8, pap. vergé teinté, front. demi-rel. mar. brun avec coins, non rog. (*Raparlier*).

163. La Franche-Comté de Bourgogne, sous les Princes Espagnols de la Maison d'Autriche. Première série. Les Recès des Etats, publiés d'après les manuscrits de la Bibliothèque Royale, par Adolphe de Troyes. *Paris, Cretaine*, 1847, 4 vol. gr. in-8, br.

164. Délices du Brabant et de ses campagnes, ou Description des villes, bourgs et principales terres seigneuriales de ce Duché, accompagnée des événemens les plus remarquables jusqu'au temps présent, par M. de Cantillon. Ouvrage enrichi de 200 très belles figures en taille-douce. *Amsterdam, Neaulme*, 1757, 3 vol. in-8 (*sur 4*), nombr. pl. gr. et pliées, cart. non rog.

Tomes II à IV.

165. Histoire du règne de Marie-Thérèse, Impératrice, Reine de Hongrie et de Bohème, Archiduchesse d'Autriche, etc., précédée de tables généalogiques et chronologiques, pour servir de suite à l'abrégé chronologique de l'Histoire d'Allemagne par M. Pfeffel, jusqu'à la fin de l'année 1780. *Bruxelles, Lemaire,* 1781, in-12, portr. gr. cart. bradel, demi-perc. jaspée, dos orné, non rog.

166. Marie-Antoinette. Correspondance secrète entre Marie-Thérèse et le Cte de Mercy-Argenteau... publiée avec une introduction et des notes par M. le chevalier Alfred d'Arneth et M. A. Geffroy. *Paris, Firmin-Didot,* 1874, 3 vol. gr. in 8, fac-similés, br.

167. Histoire de l'esclavage dans l'Antiquité, par H. Wallon. *Paris, Impr. Royale,* 1847, 3 vol. in-8, cart. bradel, demi-perc. brune, dos orné.

168. Recueil d'Antiquités égyptiennes, étrusques, grecques et romaines (par le Comte de Caylus). *Paris, Desaint et Saillant,* 1752-1767, 7 vol. in-4, front. gr. à chaque vol. et 826 pl. gr. v. f. ant. dos orné, fil. tr. dor.

169. Description des principales pierres gravées du Cabinet de S. A. S. Monseigneur le duc d'Orléans, premier Prince du sang (par les abbés de La Chau et Le Blond). *Paris, Pissot,* 1780, in-fol. front. et pl. gr. demi-rel. v. f. ant. avec coins de vélin vert, dos orné.

Tome I, contenant 1 frontispice par Cochin, 1 fleuron, 102 planches et 16 culs-de-lampe dessinés et gravés par Saint-Aubin.

170. Bibliothèque françoise, ou histoire de la littérature françoise, dans laquelle on montre l'utilité que l'on peut retirer des livres publiés en françois depuis l'origine de l'imprimerie, pour la connoissance des Belles Lettres, de l'histoire, des sciences et des arts... par M. l'abbé Goujet. *Paris, Mariette,* 1741-1748, 12 vol. in-12, v. f. ant. dos orné.

Tomes I à XII.
Exemplaire aux armes de Louis-Antoine Crozat, baron de Thiers.
Bel *ex-libris* ancien gr. par Boucher, répété sur 10 volumes.

171. Catalogues de ventes de livres. — Réunion de 13 vol. in-8, dont 3 rel. en v. ant. et vélin ou cart. et 10 br.

Catalogues de De Thou, 1679, d'Hoym, 1738; de La Vallière, 1783-84, 10 v.; Soubise, 1788.

172. Catalogues de ventes de livres. — Réunion de 28 vol. in-8, dont 8 en demi-rel. ou cart. bradel et 20 br.

Catalogues de MM. Charles Nodier, 1827 (*prix manuscrits*). — Cte de la B*** (La Bédoyère), 1837 (*prix manuscrits avec la table des auteurs suivie de la liste des prix d'adjudication*). — Un Amateur, 1831. — Daunou, 1841. — Silvestre de Sacy, 1842, 3 vol. — Jules Goddé, 1850. — Monmerqué, 1851. — Van den Zande, 1854. — A. Coste, 1854. — Baron de Warenghien, 1855. — J. Techener, 1855, 2 vol. — Potier, 1856, 4 parties en 2 vol. — Cigongne, 1861. — La Bédoyère, 1862, portr. — Double, 1863. — Yemeniz, 1867. — Luzarche, 1868, 2 vol. — Brunet, 1868, 2 vol. (*table alphabétique des noms d'auteurs, suivie de la liste des prix d'adjudication*). — Soleil, 1871. — Firmin-Didot, 1879.

On a ajouté : Bibliographie des Chansons, Fabliaux, Contes en vers et en prose... ayant fait partie de la Collection de M. Viollet-le-Duc avec des notes biographiques et littéraires... par M. Antony Méray. *Paris*, 1859, in-8, cart.

173. Bibliothèque dramatique de Monsieur de Soleinne. Catalogue rédigé par P. L. Jacob, Bibliophile (P. Lacroix), 6 tomes en 4 vol. — Bibliothèque dramatique de Pont de Vesle. *Paris*, 1843-1847. — Ens. 5 vol. in-8, cart. bradel, demi-perc. jaspée, dos orné, ébarbé.

Exemplaire avec les prix d'adjudication manuscrits.

174. Reliure in-fol. du XVIIIe siècle en mar. r. dos et angles fleurdelisés, fil. et milieu dorés.

Hauteur : 38 cent. — Largeur : 25 cent.

175. Reliure gr. in-fol. du XVIIIe siècle en mar. r. dos orné, dent. fleurdelisée.

Reliure un peu fatiguée, portant au centre des plats les armes de la VILLE DE PARIS.
Hauteur : 61 cent. — Largeur : 47 cent.

N° 940

Tours, Imp. Tourangelle, 20-22, rue de la Préfecture.

www.ingramcontent.com/pod-product-compliance
Ingram Content Group UK Ltd.
Pitfield, Milton Keynes, MK11 3LW, UK
UKHW022150260726
13993UKWH00005B/2272

9 782329 478982